Lauri Soini

Saaressa; Kertomus äskeiseltä Ajalta

suuraakkosin

MEGALI

Lauri Soini

Saaressa; Kertomus äskeiseltä Ajalta

suuraakkosin

Alkuperäisen jäljennös.

1. painos 2023 | ISBN: 978-3-38708-368-2

Megali Verlag on Outlook Verlagsgesellschaft mbH:n imprint.

Verlag (Julkaisija): Outlook Verlag GmbH, Zeilweg 44, 60439 Frankfurt, Deutschland
Vertretungsberechtigt (Valtuutettu edustamaan): E. Roepke, Zeilweg 44, 60439 Frankfurt, Deutschland
Druck (Painotalo): Books on Demand GmbH, In de Tarpen 42, 22848 Norderstedt, Deutschland

SAARESSA

KERTOMUS ÄSKEISELTÄ AJALTA

KIRJA

LAURI SOINI

1896.

Siinä ne nuotion ääressä istuivat miehet, korkean kuusimetsän katveessa. Vaskinen kattila körötti kivien varassa ja räiskyen ja leimuten liekehtivät kattilan alle työnnettyjen puiden päät.

Kolme oli miestä, Salli, Antti ja Ville, nuotion ääressä istumassa.
 Kokijaisia odottivat.

Ville, kuuluisa kaskujen mies, kannon nenässä istuen pisteli puhetta. Markkinamatkoista kertoi, öisistä retkistä ja päiväisistä melskeistä. Salli, juureva ukko, hallava parta, kokonaan luiksi kehkeytynyt, kuunteli puhetta. Kuunteli tosissaan, vaikka toinen nauraen kertoi... myrskyjä matkannut mies ei turhista suutaan nauruun vetänyt.

Tulta ei katsomaan joutaneet Ville ja Salli. Antti se kohenteli puita ja torven suuhun tirkisteli. Hänen äänensä vihdoin katkasi toisilta jutut.

— Jo tippuu...

— Joko tippuu? päätä kääntäen äännähti Salli.

— Tippuu, tippuu...

Ääneti kuunteli Ville. Ääneti kuunteli, kuuntelevinaan ei ollut. Vasta kun puheenvuoron itselleen huomasi tulevan, vasta silloin päätänsä käänti. Kummastellen kysäsi, kuin ei olisi asiata aavistanutkaan:

— Mikä tippuu?

— Viinapa näkyy tippuvan, sanoi Salli totisena torven suuta tarkastellen.

— Ai, viina! Se sulonen vipelekö sieltä norahtelee? No, voi sinä turkasen tulen mukula, sinä hertanen liemen herukka! Sinäkö sittenkin siellä noksahtelet, ja minä kun luulin uurmaakarin työpajaan joutuneeni.

— Jopahan rupesi tipahtelemaan, saneli verkkaisasti Antti, typerä mies, joka ei koskaan toisten tuumia tajunnut.

— Noin, ihasteli Ville. Noin sen meidän hyvän emännän askeleet rasvasta tihahtelevat ja minä vaivanen mato ja matkamies kun en vielä pääse kokijaisille! On niin riivatun pienonen pisara vasta korvikon uurteessa. Oikein vedet suuhuni herahtelevat ja huuleni käyvät lerpalleen.

— Tuleepas pois, sanahti Salli sekaan.

— Niin! jatkoi Ville. Niin se viinakulta herakasti helmeilee ja tulen loisteessa hopeankarvaisena välähtelee! — Sinä viina, sinä makoisin ryypättävä tässä matoisessa maailmassa, herahtele sinä vaan ja anna meidän pian tuntea ihanata esimakuasi. Korkealle roihahdelkaa tuliset kielet ja kipakasti nuoleksikaa tämän rikkaan emännän kirkasta kuvetta!

— Asetu hyvä mies vähemmälle! saneli Salli, totinen mies. Kyllästyttää tuo jo saarnasi alkaa. — Laulakaa paremminkin joku lysti laulu. Eli sinä Ville, sinä maailman mainio vihellysmestari, hujauttele nyt meille joitakuita suloisia jätkän säveleitä.

— Viheltäisin jos joutaisin, mutta ei malta, ei malta, veikkoset.
 Tuntuu jo kuin hutikassa oisin, kuin päätäni viepoittaisi väkevä voima.
 Hih, kohta se elämä taas meille ruusujaan ja kukkasiaan jakaa!

Pystyyn hypähti Ville, kätensä lanteilleen asetti, jalkaa ensin maahan mallasi ja vihdoin niitä ristiin heitteli.

Viina se vipele, että aih voih voih,
 Viina se vipele, että aih voih voih.

Kuin hullun töille viisas mies, niin nauroi Salli. Väkisten näytti nauravan. Viimein virkkoi:

— Siinä se on yksi Jumalan mieliharmi tässä maailmassa. Vihellähän nyt mokoma hansvärkkäri meille vähäsen.

Viina se vipele, että aih — —

Siihen seisottui laulu, siihen tanssi. Salli ja Antti seisomaan sinkosivat, valmiina mihin vaikka.

Iivo, Sallin poika, mukana oppilaana oleva, juoksi saaren rannalta päin, puita sylissä. Hätäisenä juoksi, hätäisenä virkkoi:

— Vene on tulossa tänne päin!

— Venekö? kysyivät miehet yksistä suin.

— Vene niin, vastasi poika.

— Mistä se tulee?

— Kylästä päin.

— Onko se lähelläkin?

— Tuolta rannalta läksi äsken ja tänne päin tulla tuijottaa. Kiire näkyi olevankin.

— Varjele se! lausui Antti.

— Jokohan vallesmanni! sanoi Salli.

— Kapistuksia kokoon, virkkoi Ville ja jo rankkiastian korvaan tarttui. — Mutta käydäänhän ensin rannalla katsomassa.

— Jokohan tuo vallesmanni sittenkin, ymmällä ollen pomeksi Salli ja korvallistaan käsin karhasi.

— Yksinkö se on? keksi Ville kysyä.

— Yksi on mies airoilla ja pieni on vene, vastasi Iivo.

Mutta Ville ei enää vastausta kuullut. Rannalle juoksi, käden otsalleen kohotti illan auringon kajoa peittämään ja tulijoita tirkisteli.

— Kas niin sieltä tulla luikutellaan! Airojen lehdet vain välähtelevät kuin harakan siivet päiväpaisteessa.

— Onko se vallesmanni? kysyi Salli, joka läähättäen rannalle tulla ryhmi, perässä Iivo ja Antti.

— Ei se ole.

— Kukas?

— En tunne vielä.

Tarkemmin tirkisteli mies.

— Kiire näkyy olevan.

Toisetkin joutuivat jo rannalle.

— Annahan olla! Pää on kumarassa, ettei hartioiden takaa näy, ja noin korkealle kohottaa airojaan, tunnusteli Ville. Ukko Holsti totta tosiaan.

— Holstiko on?

— Niin on.

— Niinpäs taitaa olla, vahvisti Sallikin, joka jo oli joutunut tarkastelemaan.

— Mihinhän lie miehellä kiire, kun noin hätäisesti soutaa kiekuttaa? arveli Ville.

— Hyvä ei ole merrassa. Ei se niin ilman aikojaan olisi...

Siinä ne miehet seisoivat ja venheen tuloa odottivat.

— Tuonnehan tuo taitaakin saaren eteläpään ympäri soutaa, koska sinne vene kallistuu.

— Mitäpäs se sinne. Meitä se etsii, sanoi Salli. Kun olisi huutaa.

Ville huusi.

Airot tulija ylös kohotti, kääntyi takaperin tuhdolla ja saareen tirkisteli.

— Tule tänne! huusi Ville vielä ja kättään huiskutti.

Alkoi taas soutaa mies ja venheensä kokan miehiä kohti osotti.

Viimein suhahti hiekkaan venheen kokka, mies nosti venheeseen airot, joissa olivat vihtapannat pyyryä lähellä.

Seisomaan kömpi ja kuhnusteli venheen pohjaa kokkaan päin.

— Päivää, te metsän hiipeilevät sissit!

— Päivää! sanoi Salli. Mutta kuka käski miehen tänne näin illan hämärässä rynnistämään?

— Kukaan ei käskenyt. Kieltäneet paremminkin oisivat, jos lähtöni tiesivät.

— Noo, mitäs sitten kuuluu?

— Huonoja kuuluu.

Vasta pääsi vanha mies venheestä maalle, vaivoistaan huokasi, kiirettä ei kuulujen kerrontaan pitänyt.

— Kerro jo joutuun!

— Kuulla ennätätte. Antakaahan veikkoset joku tilkkanen kielen kostukkeeksi, että saan asiat halki haastetuksi.

— Saamaan tulet jos jäämään sattuu, irvisteli Ville.

Ylenkatseellisesti silmäsi häneen Holsti ja vaativasti, melkein uhkaavasti Saliin katseensa käänsi.

— Marssi tänne, sanoi Salli. Ainoan tilkankin sulle tiristän korvikon uurteesta.

Nuotiolle astuivat miehet. Siellä oli jo hiukkasen tirskua korvikon uurteessa. Paksureunaisella kuparikauhalla kaappasi Salli korvikon pohjaa, ja tilkkanen kauhaan jäi.

— Tästä saat.

— Hyvä tulee työstänne, virkkoi Holsti lämmintä viinaa siemaistuaan.

— Kerrohan nyt tietosi pois!

— Mielelläni kerron, mutta mielellänne ette kuule. Tietoni eivät ole hyviä.

— Mut—, sanoi Salli ja kaikki tarkasti katsoivat Holstin suuhun, että mitä sieltä tulee.

— Mut—, jatkoi Holsti samaan nuottiin. Vallesmanni on kohta niskassanne.

— Valles — —

— Vallesmanni!

— Tännekö tulossa, se ruoskamestari?

— Niinkuin jo sanoin.

Äänetönnä seisoivat miehet. Kuin ukkonen oli sanoma heihin sattunut.

— Mitä tehdään?

— Niin, mitä tehdään?

— Milloinka ne jo tulevat? kysyi Salli.

— Touhussa olivat, lähtöä tekivät. Niin toimella Rantalan tuvassa uhittelivat ja tuumivat tietämättä minua pelätä. Rantalan lautamies heitä sitten käski kammariin, ja silloin minulla oli sopiva aika köpittää viestin tuontiin. Kauvan eivät varmaankaan sentään malta virkailla.

— No, vähän ne kuitenkin viipyvät.

— Hätäkös tässä sitten! ihasteli Ville. Me kuletamme kapistuksemme vaikka hiiden pisaan sill'aikaa, kun he siellä Rantalan emännän kahvia särpivät. Piiloon viemme verstaamme ja vallesmanni saa noita pitkän nenän (hän näytti nenän pituutta hajottaen molemmat sormensa hyvin harralleen, pannen peukalon pienen sormen päähän ja niin molemmilla käsillä jatkaen omaa haju-aistiaan), kun saakin astua tyhjille tulille.

— Niin lieneekin paras tehdä, arveli Salli, juureva ukko. Olethan kaiketi Holsti veneinesi apuna?

— Mies olen auttamaan.

— Mutta ensiksi naukataan, muistutti Antti tuhmasti toisiin silmäten.

— Niin, naukataan! lausui Ville vilkkaasti. Tänne kauhat ja kapustat!

— Tuossa on, lausui Salli, kauhan ojentaen.

Korvikon pohjaa kolisteli Ville. Tilkan sai, suuhunsa kaasi.

— Kas näin! No voi sittenkin sinä lasikirkas lirukka, mitenkä lämpimästi särähti suonissani sinun alas livahtaissasi! Hutikassa olen jo, vaikka haistaakseni tuskin sain. Vielä vähäsen.

— Kas ahmua, kun kaikki lappaa, älähti Antti surkeasti kauhan korvoon vaipumista silmäten.

Ville jätti kauhan korvon laitaan ja sitten siihen kävi Salli käsiksi.
Maistoi ensin itse ja sitten tarjosi Antille.

— Mulle vielä, virkkoi Ville.

Hän sai mitä pyysi.

— Pojalle myös, sanoi Salli ja kaapasi korvikon uurretta, johon jo rupesikin herumaan lientä yhä kiivaammin, ettei se enää sen vähemmäksi käynyt, vaikkapa sitä maisteltiinkin.

— Päähän toki pitäisi olla pyytäjälle ja kaula kantajalle, —
mutta me aijomme jättää ilman puun kantajan, jatkoi Salli.
Tässä, poika!

Iivo maistoi.

— Hyi!

Iivoa puistatti aivan.

— Elä virnistele siinä, jos mielit miieheksi paisua, neuvoi isä,
Salli.
Maistapas vielä.

Poika poistui päätään puistellen syrjään.

Ville tarttui kauhaan käsiksi ja astui taas korvikon ääreen.

— Hoo, minkälainen lätäkkö siinä jo onkin! Voi hemmetin
herapekuna, kun se tiputtaa, tiputtaa vaan enemmän kun me
jaksamme maistellakaan. Miten huikaisevasti se kiertelee ja
surahtelee aivoissa.

Ja maistoi se Ville taas, maistoi ja entistä keveämpänä
sitten tanssia toikkaroi.

Viina se vipele, että aih voih voih,
Viina se vipele, että aih voih voih.

— Ei, — tämä peli ei vetele, että me tässä seistään ja ihmetellään kun tiedämme olevan tuhon tulossa, sanoi Salli.

— Niin, sinäpä sen sanoit, yhtyi Ville. Pillit pussiin vaan ja suolle soittamaan!

— Mutta kuulkaahan miehet! äänsi Holsti, joka jo oli sulautunut toisten kanssa yhdeksi lihaksi ja vereksi. Minä olen tässä miettinyt toista keinoa.

— Niin sinäkö, sokea silmä Rantalan Tahvon puurovadissa, reuhasi
Ville.

— Minä niin.

— No, annahan kuulua pois, sanoi Salli, juureva ukko.

— Tuumani on semmoinen, sanoi Holsti, että jätetään tänne viinapannut ja muut lekeet, ja että te muut kaikki menette pois ja viette molemmat venheet mennessänne, mutta me Sallin kanssa jäämme tänne saaraen vallesmannia vastaan ottamaan.

— Houritko mies? sanoi Salli. Hullutuksillasi suotta kallista aikaa tärvelet.

Ville oli jo hyvinkin valmis myöntymään.

— Ei, sanoi hän. Kyllä vetelee tuuma. Me jäämme Holstin kanssa tänne ja hierustelemme vallesmannia kuin kerjäläispoika vasikan nahkaa iltasen edestä.

— Ole kerrankin vaiti, sinä hattusi hasertelija, vaan ei mikään miesten ravistelija.

— Kuulkaahan loppuun! pyyteli Holsti.

— Niin kun tulee räpättämään siihen, vaikka — —

Sallin puheen ehti jo Ville katkasemaan.

— Itsehän sinä ensin rupesit hulluudeksi haukkumaan toisen hyvää ehdotusta.

— No, kerrohan pois Holsti, sanoi Salli.

— Niin. Vallesmanni kun tulee viinapannulle tuohon, silloin me Villen kanssa hänen veneensä vesille sujautamme ja lähdemme soutamaan.

— Mutta suurempaan pulaanhan me sitten joutuisimme, jos menisimme ruunun palvelijalle väkivaltaa tekemään.

— Mutta minä meinasin, että vallesmanni saadaan kiikkiin.

— Kiikkiin?

— Niin.

— Ja mitenkä?

— Tiedäthän, että vallesmanni on viinaan menevä.

— Sen tiedän.

— Olenpa varma, että he rupeevat täällä juomakestiä pitämään, kun on kerran viinaa saatavissa. Me soudamme hiljaa rannasta ulommaksi ja siellä vasta venettä kolistamme, että tietävät yksin jääneensä. Silloin eivät varmaan viinaa maahan kallista, mutta koreasti suuhunsa sujuttelevat.

— Niin, ja olisipa sekin sitten näköistä, että ruveta vielä juottelemaan pahimpia vihamiehiään muun hyvän päällisiksi.

— Mutta kuulehan veikkonen loppuun.

— Puhu, puhu, mies parka, sitten sukkelaan hassutuksesi!

— Me näet tulemme vallesmannin veneellä rantaan luoksenne. Kylässä ilmoitamme nähneemme vallesmannin saaressa viinan keitossa ja sitten lähdemme vallesmannin keralla katsomaan.

— Kas niin! Ovela tuuma, ihasteli Ville. Ja täällä vallesmanni tovereineen kököttää viinapannun ääressä kuin Hyvölänkylän kirkkomiehet puustellin tuvan penkillä — ja kaikki niin hutikassa, että ovat nyrkit savessa.

— Mitä sanotte tuumasta? kysyi Holsti. Ettekö luule vallesmannin kostoa ansaitsevan?

— Kyllä ansaitsee, sanoi Salli. Mutta pelin onnistumista epäilen.

— Suotta epäilet, sanoi Holsti. Tämänhän nyt jo pitäisi hullunkin ymmärtää — ja kaikesta minä vastaan.

— Me molemmat vastaamme, sanoi Ville. Olkaa koreasti hiljaa te nahjukset ja poikkitelaiset kapulat Marttipapin puhemyllyssä. Olkaa hiljaa te hätähousut, me teemme temppuja ja saattepas nähdä, että ne käyvät niin mukavasti, kuin Kala-Matin vene teloilleen Saunalahden pohjukassa.

— Senpähän tiennee, epäili Salli.

— Kyllä se vetää, vakuutti Holsti. Tuossa on vielä hyvä piilopaikka kiven ja näreen tattarain välissä. Siitä on hyvä sujahtaa venettä varastamaan.

— Rankki-astia on kuitenkin pois vietävä, sanoi Salli. Sen vielä kaatavat maahan, mokomat.

— Ei sitä käy vieminen, neuvoi Holsti. Antaa vaan olla tavarain paikoillaan. Täydet lekeet, täydet lekeet, — siten näyttävät paremmin viinan keittäjiltä.

— No, olkoon sitten vallassanne, — mutta jotain tässä on toimitettava. Näittekös, että päivän kajokin jo alkaa sammua. Pian on vallesmanni niskassamme.

— Töihin, töihin! sanoi Salli Lapatossun nimissä. Tästä tulee vielä sakeampi soppa, kuin Muuraismäen emännän hapanvellistä, vaikka siihen pantiinkin yhdeksätä eri lajia.

Iivo oli mennyt rantaan toista ryyppyä pakoon. Siellä oli hän linttikiviä keräillyt sannan ja rantasammalikon rajasta ja kivillä voileipiä veden pinnasta veistellyt. Hän olikin ovela siinä ammatissa. Toiset pojat olivat jääneet aina tappiolle kotikylän rannikolla. Rivakasti kevelläiksen hän aina syrjään päin kiveä viskatessaan ja rivakasti kättään käännytti. Niin alhaalta viskaten sai hän kiven vedestä ylös ponnahtamaan, ettei vesi ensinkään pirskahtanut, mutta kivi keppelehti eteenpäin tehden puolikymmentä hyppäystä.

Hartaasti Iivo työssään hääri, mutta muisti kuitenkin toisenkin tehtävänsä. Muisti, miten isä eli varoitellut tarkasti katsomaan, oliko lähteviä kylän puoleiselta rannalta.

Kun Iivo juuri oli iloissaan siitä, että oli saanut kokonaista seitsemänkertaisen voikakun, huomasi hän rannalta liikettä ja läksi isälleen sanaa juoksuttamaan.

— Kolme miestä hääri kylän rannassa.

— Missä kohden.

— Rantalan rantaan rinnettä laskeutuivat. Vanhan lautamiehen veneen luo näkyivät kokoutuvan.

— Kyllä ne hylyt jo taitavat tulla, tuumaili Salli.

— No, ei hätää, sanoi Holsti. Käykäämme vaan viisaasti toimiin! Te, Salli, Antti ja Iivo, vetäkää hiljaa venheet pitkin rantaa saaren kärkeen ja saaren suvannossa soutakaa Kuivaniemen puolelle Kalkkilan rantaan.

— Niin, kyllä kaiketi ne rupeisivat kiini vesillä ajelemaan, jos omalle kylälle päin pyrkisimme, saneli Salli.

— Sitäpä minäkin meinasin, tuumaili Holsti. Käykää vaan nyt joutuin.
Pian täältä tulemme mekin perästä.

Venheille miehet läksivät. Salli vielä mennessään varotteli:

— Pitäkäähän varanne, ettei käy hullusti!

— Menkäähän jo!

Venheeseen astuivat miehet. Salli kävi itse perään ja Antti asettui soutimille. Iivo avojaloin polskutteli vettä myöten ja työnsi venhettä pois matalikolta. Lopulta survasi minkä jaksoi ja hyppäsi ryntäin kokan päälle. Siitä vääntäytyi kokkaan kyyköttämään.

Aivan rannikkoa myöten he eteenpäin soutivat. Mutta niemen kärkeen päästyään läksivät viiltämään Kalkkilan talon rantaa kohden.

Holsti köhnysteli kiven ja näreikköpensaan väliin käsillään syrjään taivutellen hienoja näreen lehviä, jommoisiksi ne sakeissa metsissä kasvavat.

— No, tulepas pois tänne väjymään.

Ville oli jo taas täydessä touhakassa keitoksen ääressä.

— Niin sinnekö, karhuna pensaassa köntimään?

— Niinpä niin.

— Maltahan vähäsen!

Ja taas ryypyn perästä:

— Ääh, kylläpä se on mestaria!

— Tulehan pois!

— Ei sitä niin viinakultaa hukkaan jätetä.

— Jätähän toki vallesmannille!

— Joo, lähempänä se on oma suu, kuin kontin suu, vaikkapa olisi omakin kontti. Semmoinempa lätäkkö siinä sitä onkin, ettei jäisi vaikka vallesherrallekin.

Taas hän ryyppäsi ja sitten lauloi:

Viina se vipele, että aih voih voih,
 Viina se vipele, että aih voih voih.

— Tulehan pois, senkin tuuliviisari. Etkö kuule, miten lähellä airot jo pulisevat.

— Jassoo, jaham, öhöm — sanoi vanha Koskelan ukko, kun kirkkorannassa järveen kohahti. Väjyksiin tosiaankin, ja siellä me isk —- ei isketä, mutta niinkuin hiiri kissan edessä pakoon vilistämme. — Mutta tillikka vielä, näinikään! — Viina se vipele, että aih — —

— Kuuletko, hutale, kun rannassa jo airoja kolistelevat.

— Jassoo, jaham — —

Kiven taakse Ville kuitenkin puikki. Siellä hän haamistaikse Holstin kaulaan.

— Viina se vipele, et — —

— Hiljaa, hiljaa!

— Elä sinä pelkää.

— Pelkää! Turmelet koko yrityksen!

Metsästä kuului nimismiehen matkueen polina.

— Käykäämme tänne vaan! Täältä päin se savu näytti tissuavan.

Peräkkäin sieltä miehet polttimolle astelivat, edellä vallesmanni, Rantalan lautamies vallesmannin perästä ja siltavouti Rantalan lautamiehen perästä.

— Jaa, siinäpäs se laitos on aivan täydessä reilassa. Siinä on käsissämme, mitenhän mones jo lieneekin, sanoi vallesmanni.

— Mutta missähän miehet lienevät? Näyttää melkein siltä, kuin viina itse itseään kiehuttaisi, arveli siltavouti.

— Missähän todellakin miehet lienevät? kysäsi nimismies metsään tirkistellen.

— Pakoon ovat pötkineet, arveli lautamies.

— Jokohan olivat niin arkoja?

— Arvele sitä! sanoi lautamies. Sen ne ovat tehneet ennenkin.

— Vasta ne ovat olleet, koska tuli vielä kattilan alla liekehtii, tuumaili siltavouti.

— Kunpa ne olisivat edes niin rohkeita, että uskaltaisivat vähän pitää puoliaan, täytyisi niille antaa edes vähän miehen arvoa. Mutta pelätähän sitä täytyy, kun ei tiedä olevan edes oikeuden pisaraakaan puolellaan.

— Mitähän sille laitokselle tehdään? kysyi siltavouti.

— Mitäpäs sille muuta kun tirskut maahan vaan ja tavarat takavarikkoon.

Holsti oli vallesmannin matkueen puhellessa hiipinyt pois pensaan ja kiven välistä ja sitten jatkanut hiipimistä vallesmannin venheelle, joka oli puiden suvannossa.

Villeä oli huvittanut kuunnella ryöstöretkeilijäin puhetta, eikä hän siis niin tarkalleen ollut tullut mielessään pitäneeksi omaa asiaansa. Viimein hän kuitenkin katsoi hyväksi ruveta lähtemään. Mutta hän sattui olemaan tällä kertaa semmoisella päällä, ettei niin kovin suuresti välittänyt turhamaisesta varovaisuudesta. Vai lienee ehkä hyvinkin välittänyt, itsepähän lienee tiennyt. Mutta käytännössä hän sen pani sillä lailla toimeen, että liikkeelle lähdettyään ensin vähän niinkuin hypähti — sillä sille hän ei mitään voinut, että pohkeissa tuntui olevan niin paljo ponnistavaa voimaa. Sen voiman laita oli taasen sillä tavalla, että se salli miehen vähän hoiperrehtaakin — ja siksi ei ollut ollenkaan väärin tehty Villeltä, jos hän hoipertui ja puski näreikköä niin kovasti, että sen kuuli vallesmannikin.

Mutta silloin Ville säikähti ja siitä seurasi, että hän ei muistanut hutikassa olevansakaau. Ja hutikkakin säikähti, ja siitä seurasi, että se ei muistanut Villessä olevansakaan.

Kun Ville jätti hutikkansa, jäi hänelle ainoastaan hätä. Ja se hätä vei Villeltä kaikki ajatukset ja rupesi niiden sijaiseksi ja rupesi Villeä viemään vallesmannin veneelle semmoisella kyydillä, että Ville ei olisi muistanut semmoisella kyydillä ennen kulkeneensa, jos hän olisi joutanut muistelemaankaan. Mutta muistelemaan ei hän joutanut, koska ei joutanut näkemäänkään. Sillä sakean näreikön oksat sutkivat häntä vasten näkötaulua, että Ville "tuli vanhaksi, ja hänen silmänsä pimenivät", kuten Iisakin ennen vanhaan. Nähdä hän ei silmillään tarvinnutkaan, sillä hänen hätänsä näki, että hänen on venheelle kiireimmän kautta kerjettävä.

Vallesmanni, lautamies ja siltavouti tietysti läksivät jälkeen. Mutta kun he eivät olleet äsken hutikassa, ja he eivät olleet säikähtäneet, ei hätä heille tietä näyttänyt, eivätkä he muutenkaan nähneet heti sen perästä, kun ensimmäiset lyönnit näreiden lehviltä vasten silmiään saivat. Sen vuoksi heidän täytyi kulkea hiljemmin kuin Villen ja sen vuoksi ennätti Ville ennemmin venheeseen ja jo soutaakin kappaleen matkaa.

Ja kun Ville kerran vesille pääsi, hälveni häneltä hätä ja hutikka tuli sijaan.

Silloin jouti Ville jo laulamaankin. Ja vallesmannin matkueen rannalle tullessa hän lauloi:

Hittun tittun,
Viina se tippuu,
Ei sitä anneta kellekään.
Välistä vähän
Vallesmanille,
Vaan ei ilman sillekään.

Vallesmannin matkueesta joutui siltavouti ensiksi rannalle, ja siksi joutui hän ensiksi puhelemaankin.

— Siellähän ne kissanpojat pakoon puikkivat!

Silloin joutui vallesmannikin. Hän sanoi:

— Maksaapa katsoa miehiä, että tuntee, jos sattuvat vastakin vastaan tulemaan.

Ja sen perästä joutui lautamies. Ne ovat aina tottuneempia huomaamaan asian oikeata laitaa, sillä he saavat usein tehdä arviolaskuja.

— Mutta katsokaapas, eivätkö nuo täytiset ole ottaneet meidän venettä! — Sama on venhe, viittävälin päässä jo menossa, Ja rannalla on vain tyhjä sija jälellä.

— Todellakin!

— Nuo katalat!

— Nuo roistot!

— Että kehtasivatkin!

— Että uskalsivatkin!

— Nuo syötävät!

Sitä ei kukaan tiedä, kenenkä suusta kukin sana lähti, mutta kaikki yllä olevat sanat tulivat sanotuksi ja vieläpä paljoa enemmänkin.

Mutta vallesmanni sanoi, — eli ei hän sanonut, eikä hän huutanutkaan, mutta hän tiuskui, ja hänen kasvonsa väreilivät valkosina ja leimusivat punasina. Ja näin hän tiuskui:

— Mi — mitä... mitä peliä tämä?! Kuulkaa roistot! Venhe takaisin ja joutuin, taikka —! Kuulitteko!

— Jo värisee hämmästyksestä ja vihasta minun harmaa partani, sanoi vanha lautamies, ja kunniasanoillaan voisivat näkijät todistaa, että hänen partansa värisi.

Mutta vallesmanni kopalsi taskustaan revolverinsa ja sitä tehdessään lausui:

— Kyllä minä teille näytän! — Tärähtele maailma ja pyssyt paukkakaa, ja kavaltajat veteen vaipukoot!

Mutta kuusipiippuinen revolveri, semmoinen, jommoista ei pitäjäässä vielä muilla ollut, ei tahtonut ottaa suostuakseen vallesmannin tuumaan. Ja siis pyssyt eivät paukkuneet, ja penkereet tärähdelleet, eikä kavaltajilla ollut mitään hätää.

— Mikä sillä tuollakin rämällä on, kun se ei ota tulta!

Sillä tavalla ei vallesmanni muulloin sanonut revolveristaan, jommoista ei muilla ollut. Mutta nyt hän sen sanoi ja äkäisesti sanoikin ja pyöritteli ympäriinsä kuulakehrää.

Ja vihdoin se laukesi.

Vallesmanni ei nähnyt mitään vahinkoa venheen viejille tulevan, mutta
Ville näki, miten kuula teki voileivän veden pinnalla venheen sivulla.

Toimetonna, melkein taintuneena katsoivat lautamies ja siltavouti vallesmannin puuhia. Vasta ensimmäisen laukauksen perästä lautamies kuin heräsi ja tarttui vallesmannin käsivarteen.

— Armahda, herra vallesmanni!

— Armahda vielä! jamasi vallesmanni,

— Tunnetaanhan me heidät.

Yhä herra vallesmanni koetti, mutta revolveri ei enää lauvennut.

— Eihän niille ruojille voi mitään, ei yletä kiitävät kuulatkaan!

— Rauhoitu, herra vallesmanni! houkutteli Rantanen. Kyllä me vielä heidät tapaamme.

— Voi jos ne olisivat noiden käsien välissä, sanoi vallesmanni ja nyrkkiään näytti. Kerran hieraseisin ja maahan sivaltaisin, jotta tuores sija vain jäisi jälelle. Senkin vielä kantapääilläni polkaseisin maan sisään puolen kyynärän syvyyteen.

Siltavoutia nauratti.

— Ja sinäkö siinä vielä naurattelet! Minulleko nauroit?

— Enhän minä...

— Minulle nauroit. — Otanko minä noiden hyppysien väliin ja sinä tiedät, etten hellävaraa pitele.

Mutta Rantasenkin suu vetäytyi hymyyn.

Silloin ei voinut muuta vallesmannikaan.

Mutta miehet, jotka venheineen juuri saaren kärjen suvantoon kallistuivat, ne kun taas muistuivat vallesmannin mieleen, niin kasvon laitama taas punasen puuhkeaksi välähti, siellä korvan juuresta, josta ajamisen perästä korvaparran sänki alkoi pensoa.

— Mitä pentelettä me teemme?

Ja herra vallesmanni tanssi tahditonta tanssia rantasomerikolla, hietikon ja sammalmättäikön rajassa. Tahditonta tanssia tanssi, ja tanssin vaihteeksi vuorotellen toista ja toista korvan juurta karhasi.

— Noo, eihän täällä erämaassa olla, kyllä löytyy pois pelastajakin, tyynnytteli lautamies Rantanen.

Peräsukaa läksivät siitä miehet viinapolttimolle. Mutta vallesmannin yllätti kiire taipaleen teossa. Siellä korvan juuressa kiehahti taas, kun muisti kattilan kivien varassa. Juoksujalkaa läksi, toiset saivat jäädä jälelle.

Ja kun toiset näreiköstä olivat esille vetäytymässä, kuulivat he nuotiolta vallesmannin äkäisen ähkymisen. Kuulivat kauhojen ja muiden pikkukalujen räiskettä.

— Ääh, täällähän ne on niiden roistojen rakennukset. Tuhannen nuuskaksi ne minä rusennan, samaksi sätkin kaikki ja maan rakoon tannertelen. — Ja rankkiastia tuossa! Tänne Närhi, tässä näytetään hävityksen kauhistusta.

Ja ryntäin molemmat miehet korvikkoon tarttuivat. Hulahti kerran vellevä käytös, hulahti puolukan varsikkoon. Neste imeytyi piiloon maahan, mutta tarat jäivät puolukan varsikon juureen.

— Sinne hukkui monen miehen humala, sanoi siltavouti, melkein kuin katuen silmäillen hukkaan huuhtiutunutta, alastoman näköistä rankin jäännöstä.

— Hukkaan hulahti, myönsi vallesmannikin.

— Mitäs sitten?

— Pannu ruttuun myös.

— Ruttuunko?

— Armotta.

Siltavouti aikoi jo käsiksi pannuun tarttua. Mutta nimismies alkoi vapautua tulisimmasta vihan puuskasta.

— Annetaanhan kuitenkin olla?

— Ollako?

— Niin.

— Olkoon sitten.

— Parasta se on. Ei ole lupa särkeä.

— Mitenkäs tälle?

Ja siltavouti tarttui viinakorvikon korvaan.

— Se kaadetaan.

Vallesmanni tarttui itse korvikkoon. Korvasta piteli, mutta näytti säälittävän.

Jo liikahti korvikko. Uurre kohosi jo maan kamarasta.

Mutta takasin se taasen painui, ja käsi heltisi pois korvasta.

— Annetaan hänen vähän vuoroaan odottaa.

Lautamies oli istahtanut mättäälle. Siltavouti Närhi seisoi vallesmannin vierellä.

— Niin, nythän täältä joutaisi lähtemään pois, mutta mitenkäpä pääsi, virkkoi vallesmanni päänsä ympäri mietittyään.

Ja sitten hän istui mättäälle Rantasen luo. Siltavouti istui myös.
Kolmikannassa kököttivät.

— Kyllä taitaa tulla täällä yö vietettäväksi, virkkoi Rantanen. Ei paljon kehtaisi huutamaankaan ruveta.

— Niinpähän se taitaa tulla.

Mutta korvallistaan taas karhasi vallesmanni.

— Noo, mikäpäs tässä hätänä lämpimänä kesäisenä yönä,
tuumi Rantanen.
Tulta vaan suurennetaan ja tarinoidaan.

Siinä olikin aika rovio Iivon keräämiä kuivia karahkoita.
Närhi työnteli niitä tuleen, joka jo oli melkein sammuksissa.
Paksu savu pöllysi ensin kattilan alta, sitten lieskahti liekki
heikkona parin puun välissä, ja samalla syttyivät puiden päät
palamaan.

Ja kun liekki suuremmaksi leimahti, mustenivat
etäisemmät illan hämärässä huojuvat kuusien latvat, mutta
läheisillä lehvillä väikkyi kultanen kajanne.

— Niin, hätäkös tässä, tuumi Rantanen. Tulta vaan
suurennetaan ja tulen ääressä istutaan. Tuntuukin oikein
hyvältä taas tämmöinen istuminen, kun ei ole moneen
aikaan saanut olla öisillä tulilla.

Lautamies Rantanen nosti polven polven päälle ja asettui
oikein mukavasti nauttimaan tulen tuttavuuden tuoksusta ja
menneistä muistoista.

— Monta monituista yötä sitä ennen nuorra miessä nuottaretkillä ollessa tuliroihun ääressä vietettiin. Se yö etenkin on selvänä mielessäni, kun satuimme lakolahtelaisten kanssa yksille tulille. Heillä oli näet Leena soutajana, sama Leena, jonka kanssa on nyt alun neljättäkymmentä vuotta oltu yksissä leivissä.

— Hoo-o, arveli nimismies.

— Niin, nuottanuotiolla me ensikerran toisiimme silmämme iskimme, ja samana kesänä jo rupesimme yhtä köyttä vetämään.

— Vai nuottatulilla tutustuitte!

— No, kyllähän me nyt tunnettiin ennenkin.

— Mutta siellähän sanoit ensikerran nähdyn.

— Kyllähän sitä nähtiin ennenkin, talkoissa, kylän kemuissa ja sen siellä, mutta ei sattunut ennen oikein puheikkain pääsemään. Eikä se Leena ennen tyttöpäänä ollessaankaan ollutkaan kaikkien tuulien vietävä.

— Niin, sanoi vallesmanni. Kyllä se onkin mahtavata pitää yöllä metsässä tulta, varsinkin syksyisen pimeän aikana. Ja tuulasretket vesillä silloin! Itse en ole viitsinyt mukaan lähteä, mutta pulskaa se on poskestakin katsoen. Niin juhlallisena kun se loimottaa, ja näyttää kuin tuli tulena rannoille leviäisi ja puut ja pensaat tulessa lepattaisivat. Niin, todellakin ne näyttävät tyynelläkin ilmalla vapisevan.

— Niin, mukavata te on, myönsi Rantanen. Mukavata se on sauvoa nuotion valossa pitkin rantamaa ja veteen tähdätä. Sitten kun ahvenen näkee, niin tekee oikein hyvää kun saa siihen ätkäyttää...

— Ei se taida olla hyvä kalojen sikiämiselle, arveli vallesmanni.

— Eiköhän ole?

— Niin ne arvelevat.

— Mikähän tuossa mahtanee?

— No, ne arvelevat, että kalat säikähtävät, kun öillä kuletaan tuliroihuilla vettä valaisemassa. Ja sanovat, että kalat eivät menesty semmoisissa järvissä, joissa niiden oleskelu ei ole rauhallista.

— Niinköhän mahtaisi olla?

— Juu, kyllä minä uskon.

— Sittenhän pitäisi jättää tuulastus pois.

— Eivätköhän ne kunnat puuhaakin vielä kiellon.

— Niinkö luulet?

— Kyllä niin on kuulunut ääniä.

Siinä ne sitten miehet halki haastoivat asiat, vuodentulon toiveet, karjanannit ja muut. Vallesmanni kertoi juttuja ryöstöretkistään ja vallattomain kanssa kamppailemisista.

— Yhä ne sentään ovat ajat paranneet, yhä siivommaksi ovat ihmiset tasautuneet kuin taikavoimalla.

— Niin taitavat tehdä.

— Kyllä se niin on. Ennen vanhaan sai usein olla henkensä kaupalla voroja ajellessaan. Muistan muutamankin, jota täytyi lähteäkseni jälestä ajamaan. Oli onneksi talvi. Hevosella ajoin siltavoudin kanssa — silloin olikin Kuokka-vainaa, entinen ruotusotamies siinä virassa. Jokaisessa talossa kävimme kysymässä ja kuulimme etsimämme miehen edellämme kulkeneen. Matkan määränsä olikin meille tietty. Lamminkorvan talo Pirttimetsän sydänmaalla oli tunnettu varkaitten tyyssija. Sieltä ainakin tiesimme miehen tapaavamme. Kun Koivulan kylästä läksimme, oli meillä umpi ajettavana. Vanha hevosjälki oli lumella tukkeutunut, jalkamiehet ainoastaan olivat taivalta urrineet. Taloon kuitenkin tulimme. Mutta kun pihaan pääsimme, sammuivat tulet talon tuvassa. Olivat kuulleet hevosemme helyjen äänen. Silloin Kuokalle tuli hätä, houkutteli ettei tupaan astua. Siitä en välittänyt, mutta menin rohkeasti sisään ja raapasin tulen tulitikuilla. Mutta tuskin oli sähähtänyt vanhanaikuinen fosforitikku, kun kuului oven suussa rumahdus ja kuului joku ulos ovesta potaltavan. Minä tietysti silloin jälkeen ja juuri ehdin porstuan ovelle näkemään miten miehen sääret huiskahtivat navetan ja aitan solassa. Siltavouti arkana vain pihalla seisoi ja hevon ohjaksia piteli. Mutta minä en enempää siekaillut. Tiesin varmasti ajetun saaliini pakoon vilistävän ja jälkeen läksin. Kun kartanon taakse pääsin, oli mies jo peltojen perillä ja metsään peittyi talon heinätietä myöten. "Ahaa, sinne et pitkälle pääse", ajattelin ja läksin jälkeen. Pian tuli kuuma, mutta minä kilsasin turkkini hangelle, taitoin seipään pellon aidasta ja matkaa jatkoin. Tuli vihdoin pienonen aho eteen. Sen toisessa reunassa näin miehen seisovan pimeän metsän reunassa. Raukka oli luullut, että minä en kehtaisi jälkeen lähteä. Kun huomasi minun tulevan, luuli varmaankin, etten ollut huomannut, koska hypälsi metsään. Menin perässä ja näin miehen suuren kiven kupeessa loikomassa. Kun pääsin luokse, sujautin pari kertaa seipäällä selkään. Silloin pääsi mieheltä rukous. "Lähdetkö mukaan?" kysyin: "Lähden, elkää lyökö!" ulisi hän surkeasti, eikä uskaltanut hievahtaa. "Nouse ylös!" huusin ja seipäälläni vielä kerran vetäsin. Seisomaan nousi mies ja kuin lammas asteli edelläni. Pellon veräjälle päästyään aikoi ruveta aidasta asetta silmäilemään, mutta kun taas kerran sujautin, täytyi siihen jättää. Silloin niskaan tartuin miestä ja kartanolle talutin. Kuokka hankki köysiä. Niihin mies kytkettiin ja linnaan laitettiin.

— Eivätkös talon miehetkään tulleet vorolle apuun? kysyi Rantanen.

— Ei kuulunut. Omituista se on, että vorojen auttajat muita kyllä uskaltavat vastustaa, mutta kruununmiehestä pysyvät loitolla. Vorot itse kyllä vastustavat kruununmiestäkin, mutta niissäkin olen huomannut jotain kunnioituksen tapaista. Muuten minua nuorempana ollessani pelkäsivätkin pahasti, mutta nyt eivät näy niinkään pelkäävän.

Oltiin sitten ääneti kotvan. Viimein virkkoi vallesmanni:

— Kerropas Rantanen joku satu. Niissähän on niin mukavia muutamia.

— Kyllähän minä niitä ennen muistin, mutta nyt alkaa pää jo höperöityä.

— Kerrohan nyt! pyysi siltavoutikin.

— Niin, mutta sepä onkin nyt Närhin vuorolla, sanoi Rantanen. Me muut olemme jo kertoneet jokainen.

— Mitäpäs minä osaisin...

— No, kerro pois! sanoi vallesmanni. Sitten se taas jää Rantasen vuorolle.

— No olkoon menneeksi, sanoi Närhi.

Toiset miehet asettivat kasvonsa totisiksi ja olivat valmiit kuuntelemaan. Siltavouti kertoi, ja vallesmanni aina tapansa mukaan väliin jotakin virkkoi.

— Oli kerran rikas mies, rikkain kaikista rikkaistakin —

— Jaha.

— Hänellä oli suuria linnoja paljo ja linnat kultaa täytenään —

— Hoo, olipas siinä kultaa!

— Niin täytenä olivat linnat kultaa, ettei enää mies parka asumaan mahtunut —

— Oho!

— Niin. Mutta silloin päätti mies teettää uuden linnan, entistä mahtavamman. Puista linnaa ei hän aikonut suvaita, mutta ei tietänyt, mistä se muustakaan tehtäisiin —

— Noo, mitäs sitte?

— Ja silloin hän kutsui kaikki maailman viisaimmat rakennusmestarit, joilta saisi tietää, mistä se linna tehtäisiin —

— Mitäs sanoivat?

— No, yksi ehdotti linnan tehtäväksi kivestä. Siihen ei se rikas mies suostunut. Toinen ehdotti raudasta. Ei siihenkään. Kolmas vaskesta. Ei vielä siihenkään. Neljäs hopeasta. Eikä vielä siihenkään. Niin ehdottivat ne maailman viisaimmat rakennusmestarit kaikki metallit ja muut rakennusaineet linnan seiniksi, mutta mikään ei sille rikkaalle miehelle kelvannut.

— No, mitenkäs sitte?

— Niin, mitäs muuta ollakaan? Tuli sitten yksi tyhmä mies, joka ei ollut rakennusmestari eikä mikään. Hän sanoi, että linna tehtäisiin luusta.

— Luustako?

— Luusta niin.

— Ja siihenkö mies tyytyi?

— Siihen tyytyi mies, otti sen tyhmän miehen vielä rakennusmestariksikin ja rupesi sillä luita keruuttamaan. Ja se tyhmä mies lähetti sanan kaikkeen maailmaan, että ihmiset hänelle luita kulettaisivat. Silloinkos rupesi luun siivoa keräytymään. Keräytyi luuta kaikellaista, hevosen luuta, lehmän luuta, lampaan luuta, koiran luuta, linnun luuta, kissan luuta —

— Ja kirpun luuta!

— Niin, kyllä siihen keräytyi kaikkein elävän luita suuri summaton rovio. Viimein luultiin niiden linnan tarpeiksi riittävän.

— Jako silloin ruvettiin linnaa tekemään?

— Tietysti.

— Syntyikös?

— No, tiedättehän, että luut ovat semmoisenaan liijan pieniä rakennustarpeiksi. Se tuhma mies, joka silloin oli rakennusmestarina, päätti, että luut ovat pantavat likoamaan, jolloin ne muodostuvat yhdeksi möhkäleeksi.

— Hoo.

— Etkös usko sitten, että luut lijotessaan liittyvät yhteen.

— En.

— No, mutta se täytyy uskoa, muuten ei tule sadusta mitään.

— No, uskotaan sitten.

— Mutta se täytyy uskoa aivan tosissaan. Uskotko, että luut sulavat yhteen lijotessaan?

— No, uskon.

— Niinpä jätetään sitten ne luut likoamaan, ja sillä aikaa saa Rantanen kertoa satuvuoronsa.

Siihen ne Närhi lopetti. Koko joukkue nauraa hohotti aivan täydellä kurkulla.

Ja silloin vallesmanni teki rohkean päätöksen. Koppasi tanhuvalta kauhan, jonka äsken oli ruttuun musertanut, otti sillä viinaa korvikosta ja tarjosi Närhille.

— Saat ryypyn, jos tahdot, kun osasit niin huonon sadun kertoa.

Närhi vilkasi Rantaseen ja vallesmanniin, Rantanen myös vilkasi vallesmanniin, mutta kukaan ei heistä virkkanut mitään.

Sitten Närhi maistoi, maistoi kuin leikillään vain. —

Mutta Holsti, Salli, Ville, Antti ja Iivo, pari muuta miestä mukanaan, olivat soutaneet saaren toiselle liepeelle. Hiljaa olivat soutaneet ja hiljaa metsää myöten hiipivät nuotiolle päin. Metsän reunassa olivat tarkastelleet tulille Närhin luisen linnan rakentamisesta kertoessa. Sitten kun juttu loppui ja vallesmanni viinaa Närhille tarjosi, silloin oli heistä sopivin aika, ja koko joukko astui muka ihmetellen nuotiolle.

Nuotiolla kavahtivat seisalleen Rantanen ja Närhi, vallesmanni jo seisoi entuudestaan.

— Kas, mitäs säikytte, sanoi Ville.

— Niin, teitäkö säikymme! jamasi vallesmanni, pannen painon viimeiselle sanalle.

— Niin, täällähän te niin toimella tirettelitte, jatkoi Ville.

Mutta Holsti näytti kuin puusta pudonneelta ja vähän säikähtäneeltä. Ja tuskin näytti hän saavan hämmästystään lausuneeksi.

— Mitä näen! Vallesmanniko viinan keitossa?

Vallesmannikin näytti kuin puusta pudonneelta — hetkisen vaan. Pian hän kuitenkin toimekkuutensa tapasi, tapasi terävän, säikyttävän toimekkuuden.

— Jassoo, — semmoinenko teillä oli tarkoitus.

Ja sille "semmoinenko" sanalle tuli niin merkitsevä paino, että se kuin tulella vihlasi ainakin Holstia, Sallia ja Villeä. Tuntui heistä kuin tuuleen puhalletulta koko suunnitelma. Vilkasivat kuin yhteisen taikavoiman tenhosta tuomiinsa todistajiin ja toimetonna paikoillaan seisoivat.

Mutta niin ei tehnyt vallesmanni.

— Vai niin te aijoitte! Mutta minä sanon, että teidän nämä rakkineet ovat ja niin niiden kanssa menetelläänkin.

Jo tulisen tarmon tenhoomana tarttui vallesmanni viinakorvikkoon.
 Hurahti vain kerran... Sitten tarttui pannuun. Apua ei tarvinnut.
 Romahti ja rumahti pannu, kumolleen keikahti, hattu huiskahti
 sammalikkoon Villen ylistämältä "kirkaskupeiselta rikkaalta emännältä."

Mitään ei vallesmanni virkkanut, mutta jokaisesta liikkeestä näytti miehet lukevan uhkamieliset sanat, että "näin näille tehdään."

Mutta Antti, typerä mies, muljautteli typerän äkäsiä katseita Holstiin, hivutteleiksen vähitellen lähemmäksi Holstia ja — puristeli nyrkkiään.

Ja kun vallesmanni vielä pannuun tarttui, huiskautti sitä vielä kerran kivikkoa vasten, että siihen tuli pari suurta runtua entisten lisäksi, -silloin oli Antti jo kylliksi lähellä, Antin nyrkki paukahti, ja se paukahdus koski kaikkein kovimmin Holstiin.

Mutta kun nyrkki aikoi toisen kerran pudota, tarttui siihen Holsti. Käsirysyssä kamppaili siinä kaksi miestä, toinen lyödäkseen, mutta toinen enemmän lyöntiä karttaakseen. Ja Iivo, pienonen poika, nyhti ja nukkasi Holstia alempaa, josta hän yletti.

— Venheille! huusi Ville.

Ja peräsukaa läksivät miehet kaihottamaan. Muut olivat jo metsässä, kun heidän menonsa huomasivat Holsti ja Antti. Silloin hekin tappelunsa unhottivat ja läksivät jälestä kaihottamaan. Ja vallesmanni ja Närhi olivat mukana. Lautamies Rantanen tuli kaikkein viimeisimpänä.

Venheille joutuivat miehet. Venheille joutuivat ja venheihin kävivät käsiksi. Mutta Närhi joutui toiseen venheeseen kiini yhdellä ajalla muiden kanssa. Silloin juoksivat miehet kaikki toiselle venheelle, survasivat sen tulisella vimmalla vesille ja soutamaan läksivät. Holstikin hyppäsi mukaan, vaikka toiset vihaisesti häneen katsoivat.

Mutta kun vähän matkan päähän pääsivät, rupesi Antti taas nyrkkiään puristelemaan. Holsti istui tuhtolaudalla häntä vastapäätä. Antti sipasi taas häntä korvalle.

Venhe kaatui ja miehet veteen pulahtivat. Muut nuoremmat uivat saarta kohden ja rantahietikolle vääntäytyivät, mutta Holstia ja Sallia ei heidän joukossaan näkynyt.